Insectos de todos colores

Lada Josefa Kratky

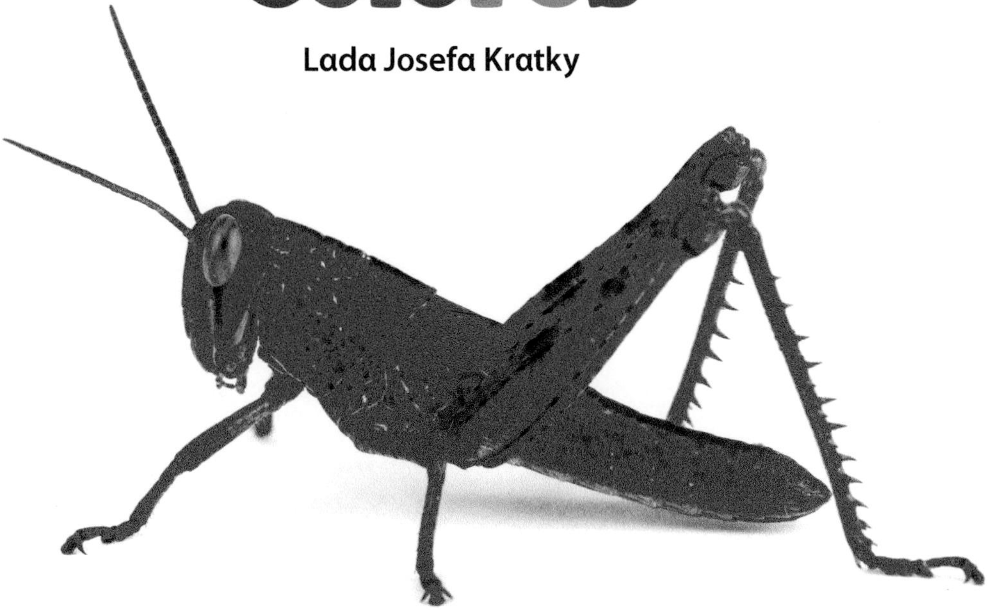

NATIONAL GEOGRAPHIC LEARNING | CENGAGE Learning

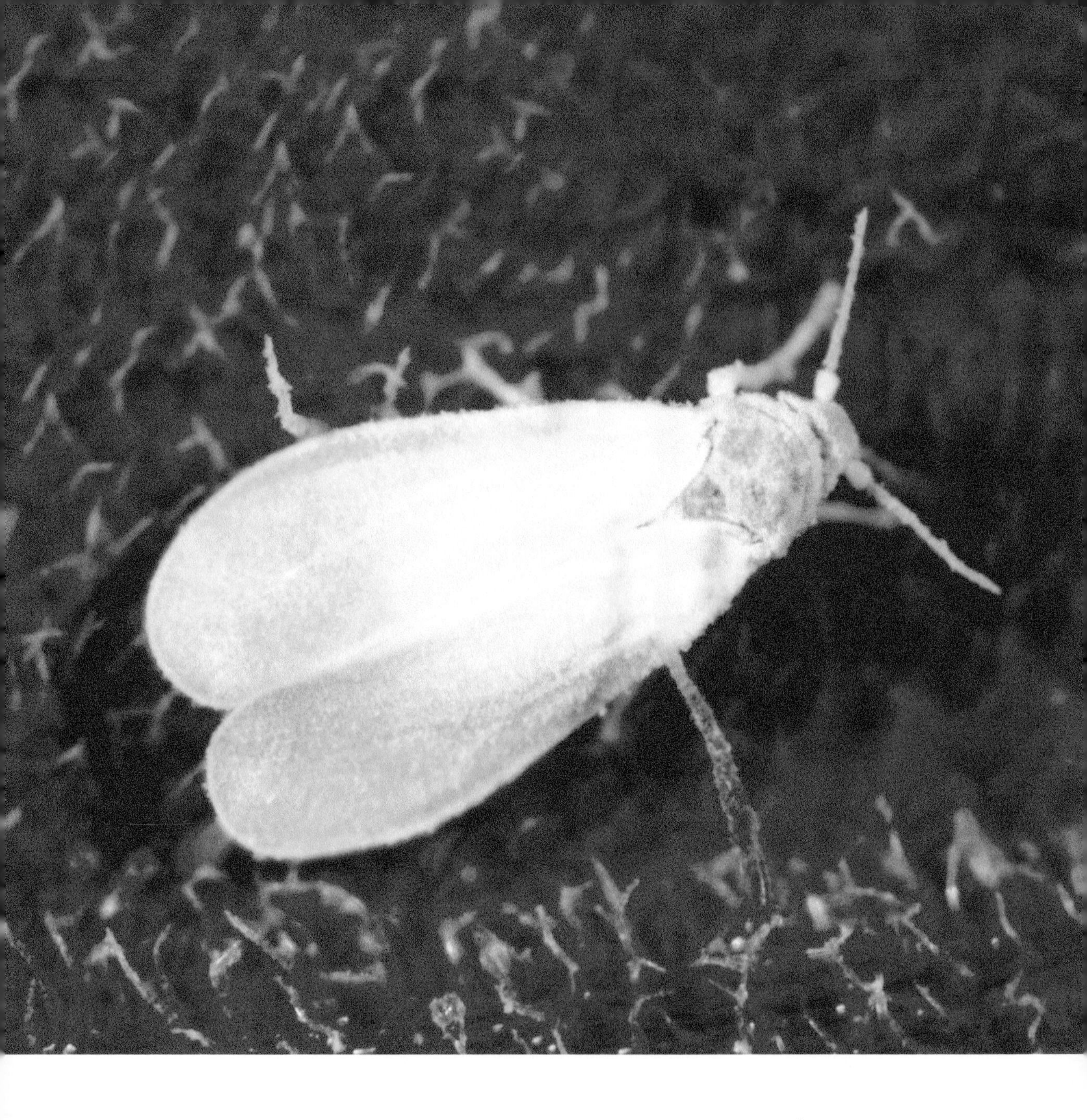

El insecto es 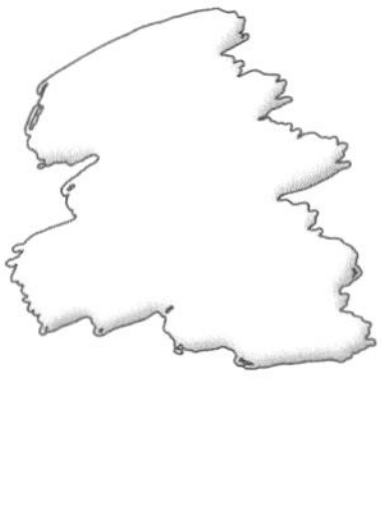.

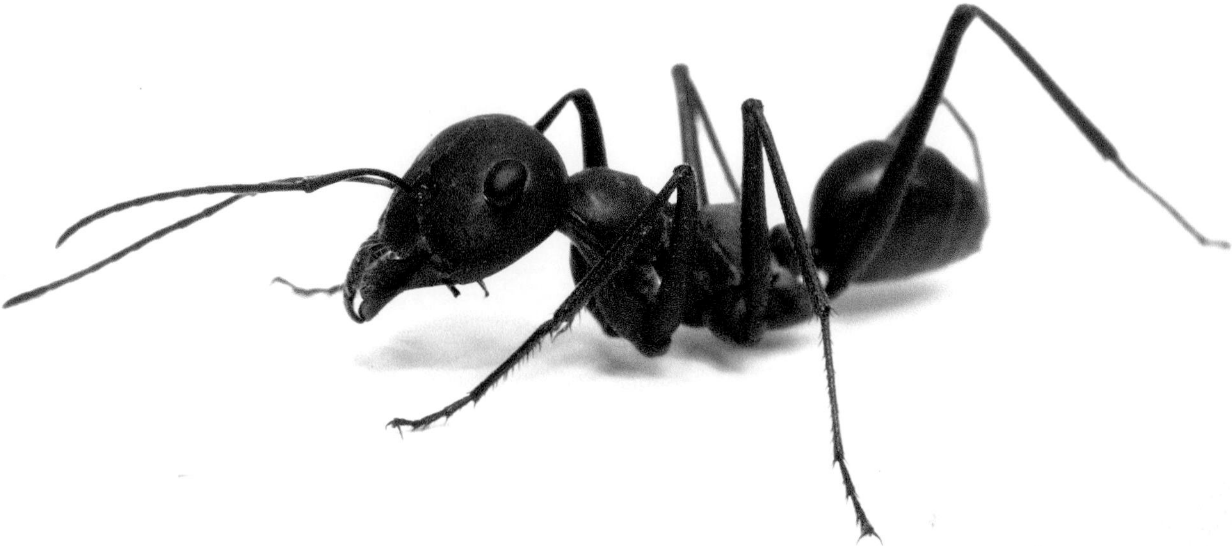

El insecto es .

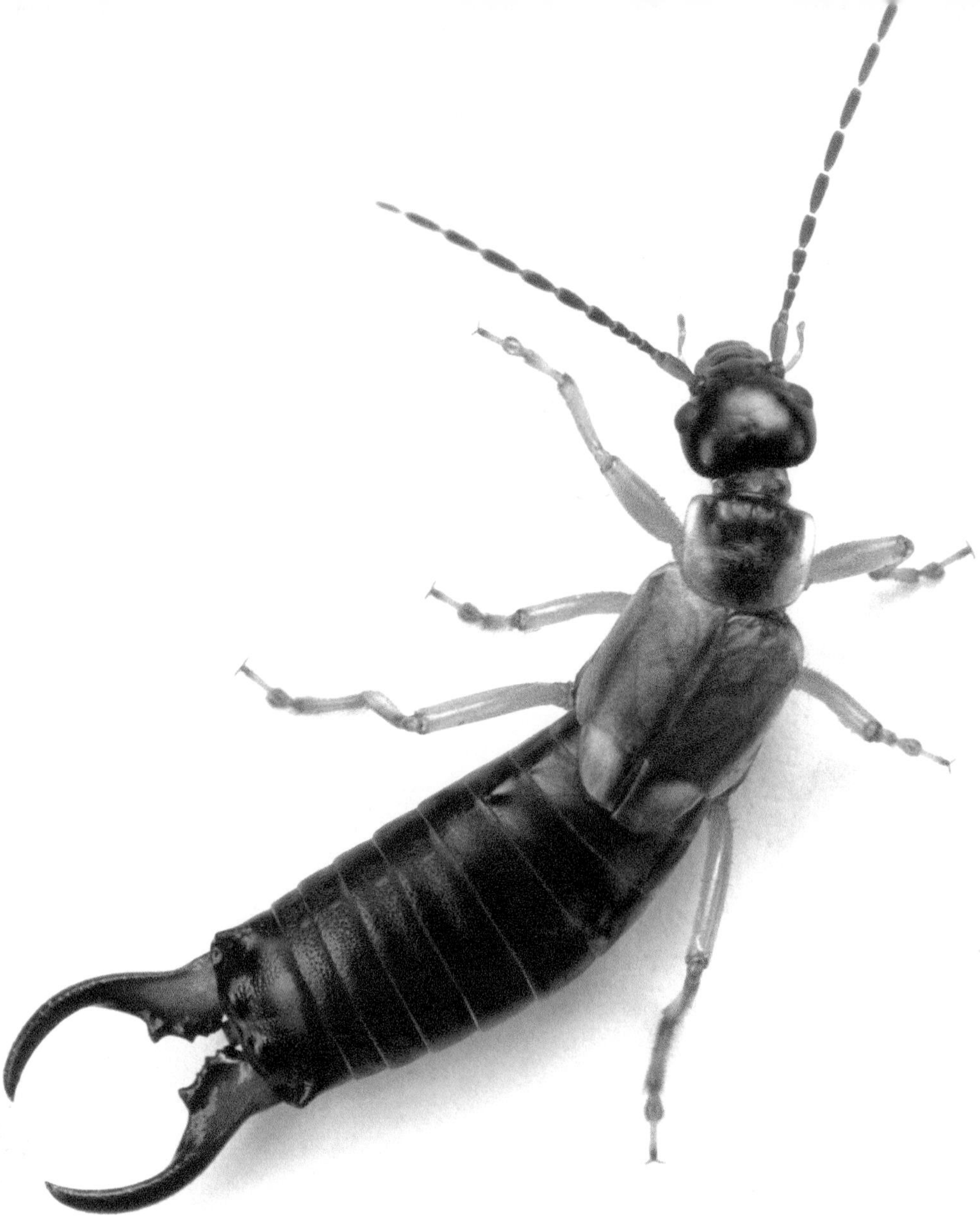

El insecto es .

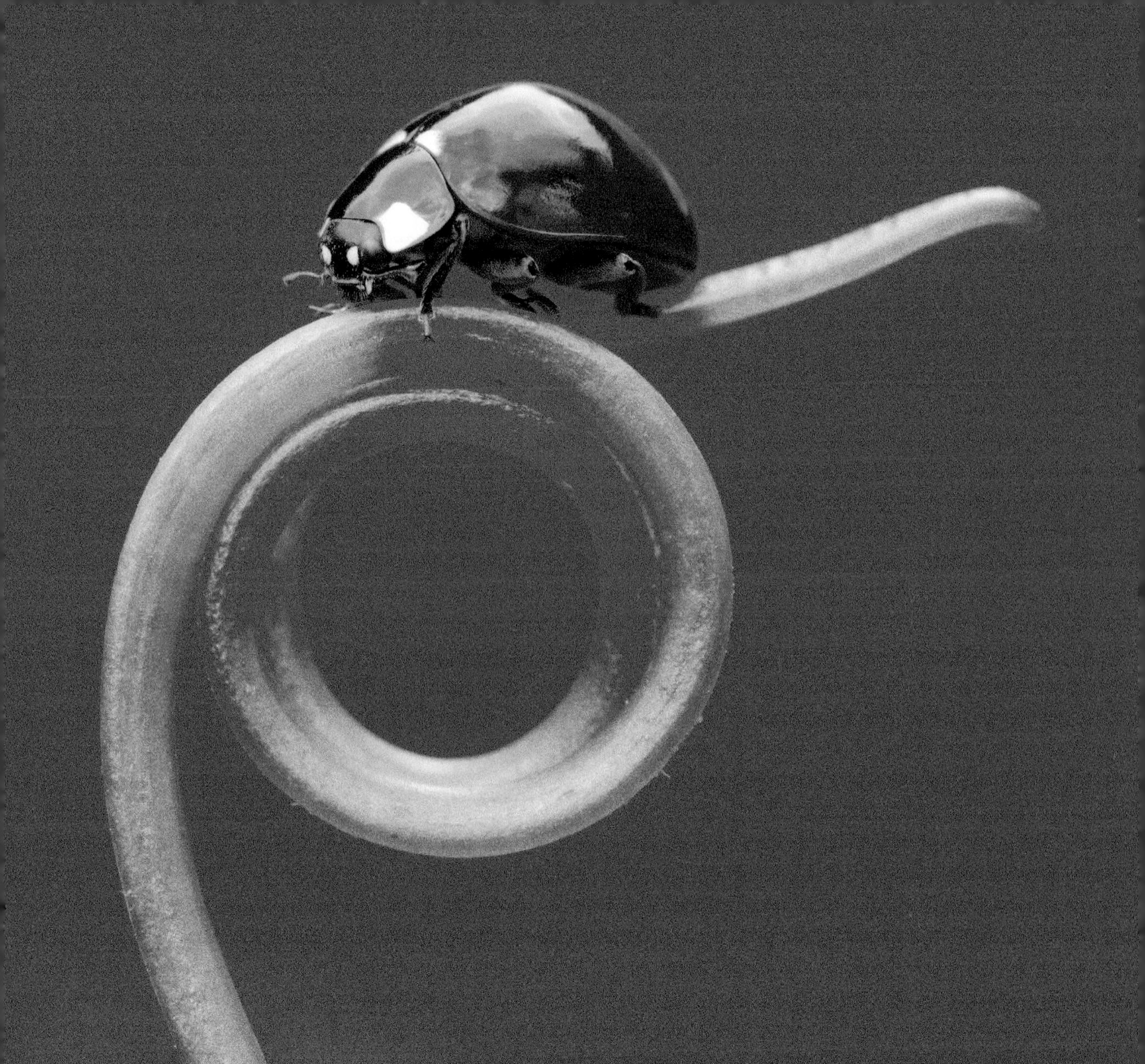

El insecto es 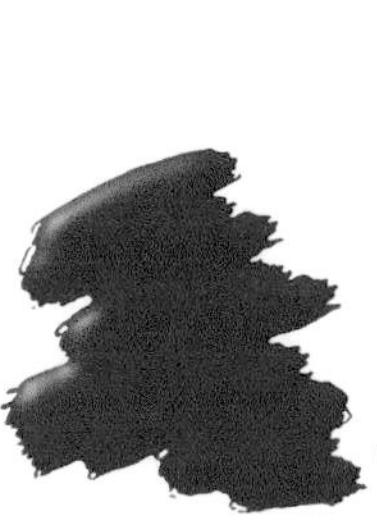.

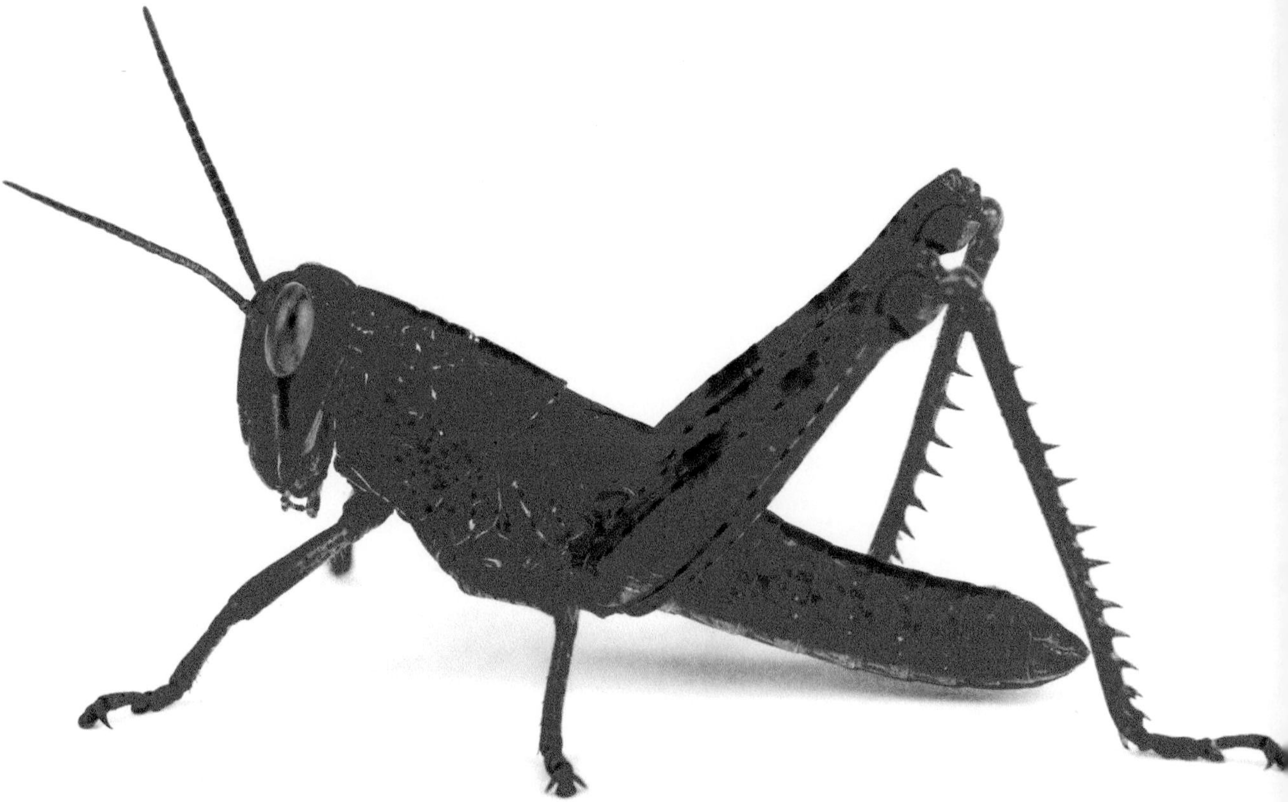

El insecto es .

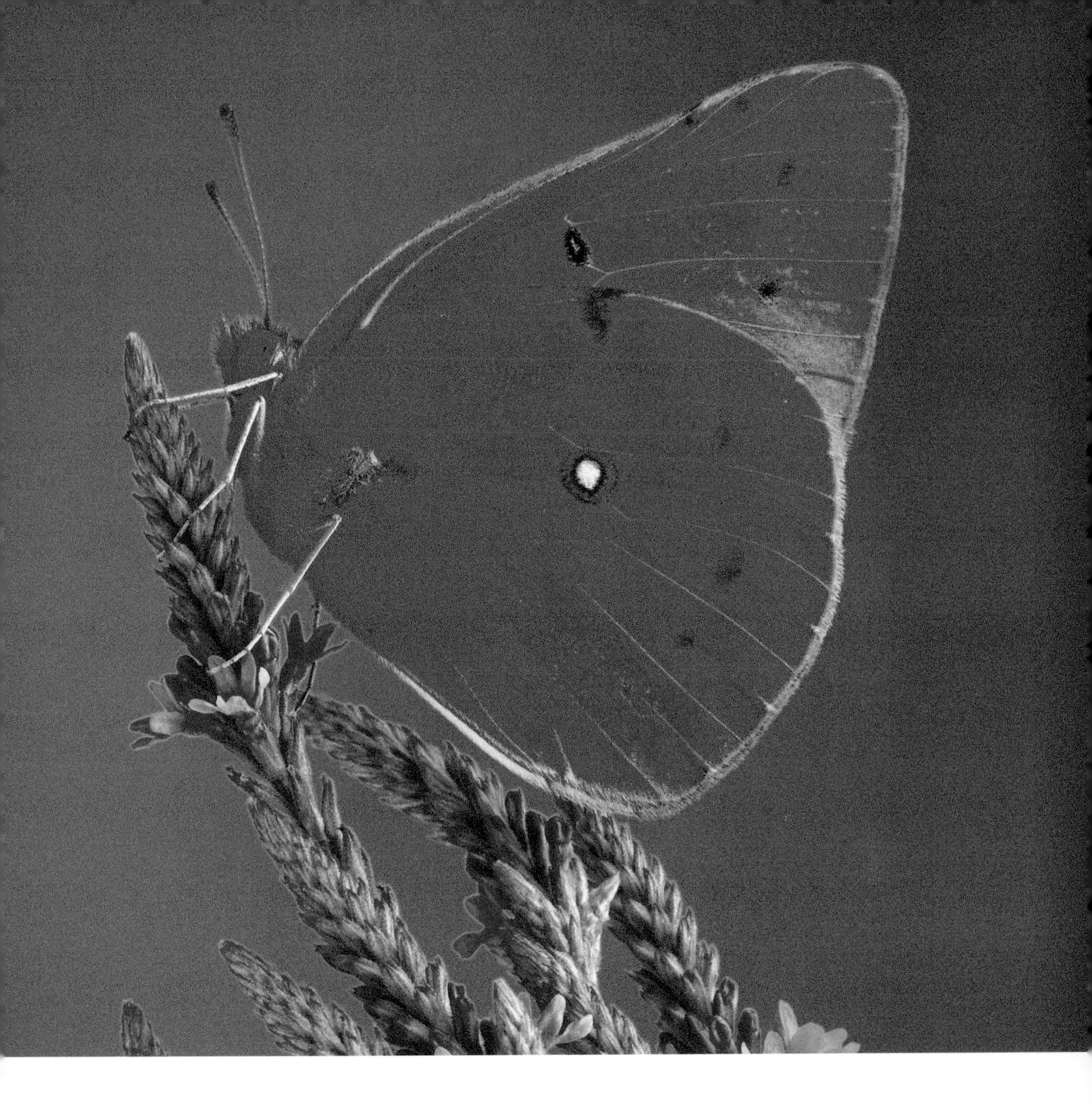

El insecto es 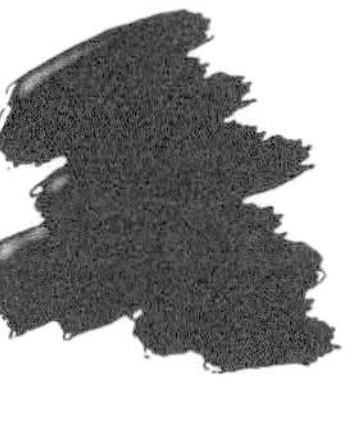.

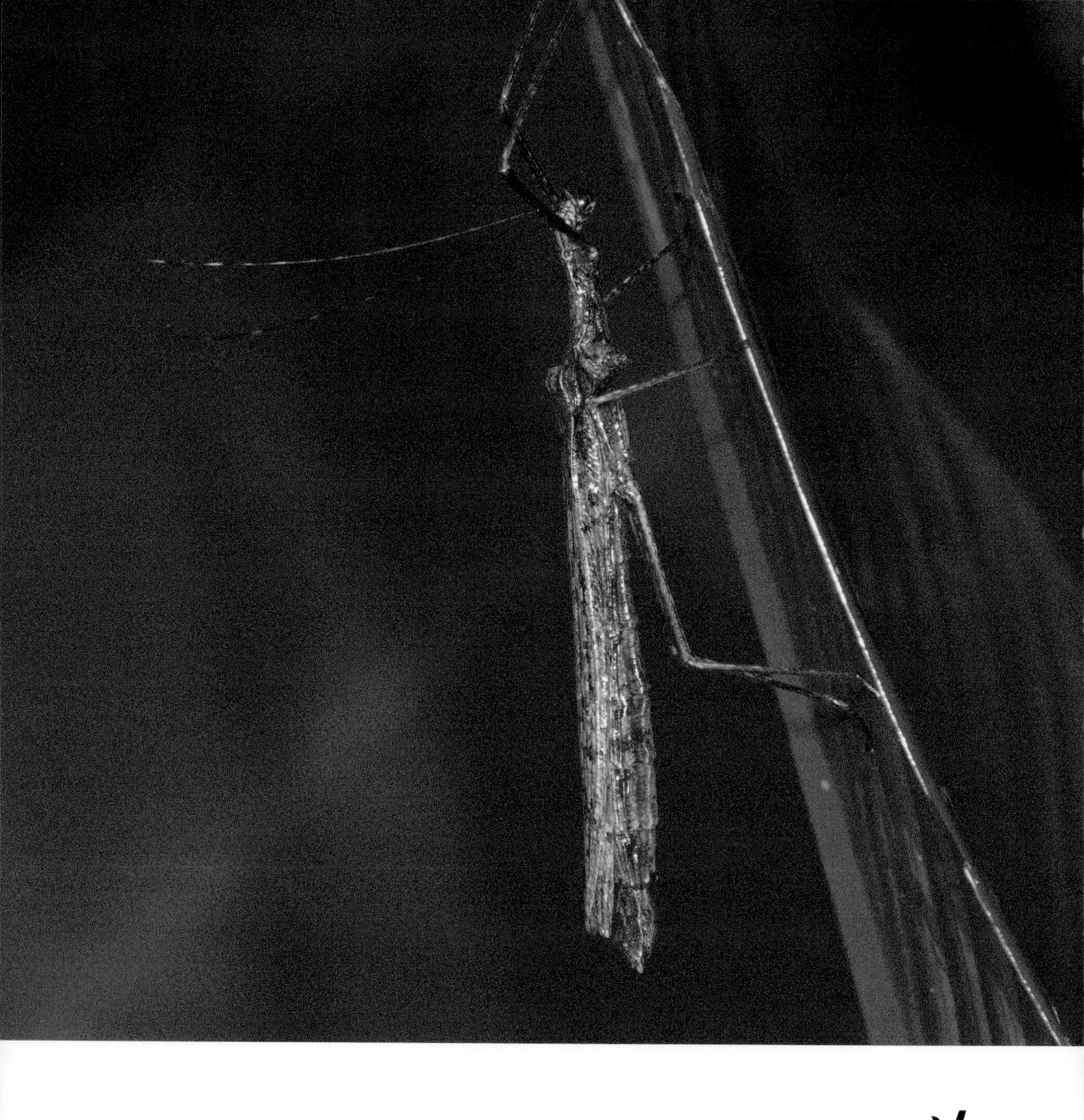

¿Es un insecto o un 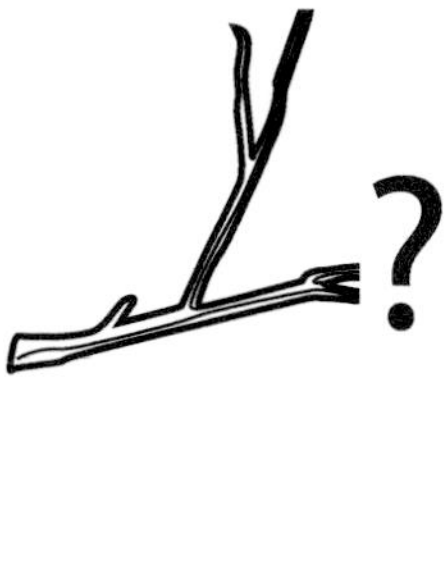?